사랑의 물리학

김인육 시집

문학세계사

나는 시의 음악성에 관한 한 그다지 세련되지도 못하고, 또 관심도 별로 없다. 하나의 풍경으로서 시가 담아내는 회화성에 대해서도 나는 서툴기 짝이 없다. 그런 관점에서 보면 나는 시인으로서의 자질과 덕목이 한참 모자란다.

시가 노래여야 한다거나 풍경이어야 한다는 것은 이미 당위가 될 수 없는 시대다. 그렇지만 언어가 지닌 시니피에와 시니피앙의 관계성을 시의 칼날로 질서를 교란하거나 이를 통해 당혹감과 긴장을 유발하며, 이러한 낯섦이 주는 경이로움이나 도발적 유희에 대해 마냥 경탄하는 세태에 대해서도 지극히 유감이다. 그것의 작위성에 대해 기분이 씁쓸할 때가 많은 것이다.

나는 시의 미덕을 새롭고 감각적인 언어유희나 리듬, 이미지에 두기보다는 대상과 세계와의 관계성에서 축조되는 생의 스토리에 무게중심을 두고 싶다. 스토리야말로 가장 진솔하게 세계를 드러내는 방식이라 믿기 때문이다.

물론, 스토리의 방식이 초현실적이거나 기하학적인 이미지를 생산하는 데는 다소 불편한 것이 사실이다. 그럼에도 불구하고 거기에는 서사의 우직함과 농도 짙은 진실이 있음을 나는 무량 사랑하는 것이다.

김인육

□ 차례

1 짝퉁 우씨

2 불가마 찜질방에서

3 사랑의 물리학

4 후레자식

□ 해설 | 유성호

1
짝퉁 우씨

입적

돌아보지 마라
울지는 더욱 마라
단풍잎 같은,
여린 손 흔드는 이별의 행적은
나의 이력이 아니다
나는 떠난다
오탁의
모든 궁리가 끝났을 때,
사바의 모든 연들이
입동立冬의 홍시처럼 다하여 절로 붉어질 때,
구불텅한 생애
기막힌 생의 꽃자리를 털고
세상의 가장 낮은 법문을 열어
덩이덩이 금빛 해탈로 빛나며
적멸로
나는 간다.

짝퉁 우씨

세상은 가끔 진품과 짝퉁을 혼동한다

열아홉에 가방끈을 놓고 나서
오십이 되도록
가방만 만들었다는 짝퉁 가방 기술자 우씨
세상 사람들, 욕되게 그를 부르듯
우씨~ 우씨~
제 불만 함부로 내뱉지만
짝퉁 가방 우씨는
짝퉁 같은 세상, 욕하지 않는다
그까짓 짝퉁 세상의 치욕쯤이야
드르륵, 재봉틀로 박아버린다
발신인 알 길 없는 뭇 설움도 곱게 재단을 하고
주소불명의 뿔난 분노도 얌전하게 가봉한다
더러, 곰팡내 같은 음습한 간난艱難이
고장난 지퍼처럼 이빨을 벌리기도 하지만
허허허
너털웃음 환한 마술사 우씨는

똥 같은 세상을
폼나는 똥으로 바꾸어놓는다
진품입네 똥내 풍기는 것들, 껄껄 웃어주며
때깔 고운 그의 똥을 '짠' 하고 내어놓는다
진품보다 착한
진품 우씨의, 짝퉁 루, 이, 뷔, 똥

중광아, 걸레야

걸레 스님
중광아, 네가 틀렸다

인생,
'괜히 왔다 간다'고,
결국 가야 할 길, 온 것부터가 잘못이라고
넌 생의 마지막 인사를 그렇게 했다만
미안하지만,
중광아, 네가 틀렸다

올 때는 수건이었다가
갈 때는 걸레인 인생에 대해
너는 못마땅했겠지만
그 걸레에 대해, 걸레가 된 생에 대해, 나는 경의를 표하나니

저기, 시장 한 구석 서릿발 그득 엉겨 붙은 저 할머니
늦가을 홍시처럼

금세, 툭, 떨어질 것 같은 아슬아슬한 목숨을 매달고
푸성귀 몇 무더기로 소신공양하는 생生을 보아라
어미아비 다 버리고 간 어린것 지키기 위해
온종일,
시장 바닥에 껌처럼 붙어 있는
저 위대한 걸레를 보아라,
반가부처를 보아라,

아이러니 가계家系

아버지가 실업자인
가난한 승재는 휴대폰이 최신이다
가난해서, 차명으로 된 어머니의 삐까번쩍 승용차를
타고
슬그머니 도둑고양이처럼 등교한다
공짜인 야간자율학습은 싫다고 빠지고
과목당 수십만 원 하는 사설과외만 내리 다닌다

녀석은 가난하므로 모든 것이 공짜다
학교수업료도 공짜
방과 후 특별수업도 공짜
점심식사도 공짜
수학여행까지도 공짜
가난하므로 수업료쯤이야 그냥 면제받는다
밥값은 당연히 면제받는다
너무 가난한 그는
최신식 일상이 무료로 수신된다
그의 구걸은 당당하다

당당해서 역겨움이 삐질삐질 땀처럼 새어나온다

우는 아이에게 젖 준다는 말은 참 진리다
저 제비새끼들 봐라
방금 어미가 준 먹이 날름 받아먹은 놈이
제일 입 크게 벌리고 엉엉쨱쨱 죽어라 운다
그래서 또 날름날름 받아먹는다
철면피다
남이야 뭐라든 배부른 놈이 장땡이다
그래야 산다
살, 아, 남, 는, 다

그래도 그렇지
에이, 퉤-퉤-

49 깽판

깽판이다
끗발이고 뭐고 필요없다
네깟 놈들
장땡이라고 거들먹거리지 마라
나는 49 깽판이다

아직 고등학교 다니는 딸이 둘이나 있는
마흔아홉의 내 친구
자신을 내다버린 세상을 향해
고래고래 술 고함을 질러대더니
볼품없이 빈 소주병처럼 구석으로 처박힌다
한때는 제법 잘나갔던 녀석인데
녹록치 않은 세상살이
소주 두 병에 그만 나가떨어지는 인생이다

끗발도 한때고
청춘도 한때인 것을
저 처박힌 소주병은 보여준다

마흔아홉이란
무언가를 이루기엔 역부족인 세월
여차하면
똥패처럼 버려지기 십상인 허망한 숫자
다시 판을 돌리기엔
다음에 닥칠 똥패가 두려운 나이

끗발도, 거시기도
제대로 서지 않는
기껏
술 힘에 고함이나 질러보는
개끗발 49.

포장마차에서

젖는다,
붉게 펄럭이는 포장마차
사내의 동공이 젖는다

달처럼 울컥울컥 부풀던 여자
물 아래 가던 달 맨발로 안고 가던 여자
새가 되었다던가
바람이 되었다던가

사내는 매운 강술로 자신을 적시고 있다
어둑어둑 치욕이 숨어드는 저녁
붉게 술기운이 달처럼 오른다
젖는다, 사내
살어리 살어리랏다 청산으로
도망간 여우
중심을 잃은 빈 술병이
젖는다
일렁이는 동공 가득히

화악, 휘발유 냄새가 난다

제 몸을 다 비워낸 술병은
뱀이 빠져나간 허물같이
어처구니없다

청산도 아닌데
어디선가 함부로 날아드는 돌들
사내가 캄캄하게 젖는다.

옷걸이 만다라

나, 세상의 저녁을 건너
욕된 거죽을 벗어 그에게 인도한다
이해한다는 듯, 용서한다는 듯
그는 끝내 말이 없다
부처를 안고 자는 부대사의 게송처럼
때묻은 일상을 껴안고
이 밤을 함께 견디겠다는 것인지
세상사 덧없으니
스스로를 등불로 삼으라는
최후의 말씀이나 전하는 것인지

정녕 캐묻지 않는다
아픔의 끝, 이미 다 안다는 듯
가만히 수발다라처럼 나를 안아 들일 뿐이다
최후의 안식을 위해
관 뚜껑을 열고 들어야 할 때처럼
삐걱, 장롱 문을 열고 그를 본다
면벽한 채 깊은 회의에 든 물음표 하나

모든 헛된 형상을 지우고
최후의 정신처럼
금강의 뼈로만 남아서
사라쌍수처럼 나를 포옥 안는다

자물쇠 통사

유사 이래로
비밀한 그것은 아랫도리에 작은 구멍으로 존재한다
그 속엔 몽글몽글한 작은 돌기들이
오돌토돌 은밀히 도드라져 있어
부합하는 단 하나의 쑤시개만 용납할 뿐
인간의 그 어떤 내통도 단호히 거부하였다

비밀한 문이
유일의 쑤시개로 열릴 때면
두 팔은
부르르, 실신하는 개구리처럼 뻗쳐올랐고
온몸은 요술램프 같은 탄성을 쏟으며
스스로를 주인에게 개방하였다

금세기에 들면서,
비밀한 그것은
급속히 신비성을 상실해 갔다
온갖 쑤시개들이 부합을 시도하면서
예기치 못한 밀통과 개방이 빈발하였으며

이 같은 무시개방의 문란한 사회현상과 함께
비밀스런 그것의 위치는 은밀한 아랫도리에서
온몸 곳곳으로 노골화, 다변화되어 갔다

버튼으로 불리는 유두 모양의 그것에는
감도 높은 센서가 부착되어
견경한 쑤시개 대신, 부드럽고 정교한 터치가
새로이 요구되었다.
제 몸의 문이 열리기까지
터치되는 버튼마다 각각의 색다른 음질을 흘리다가
마침내 길고 관능적인 교성으로 몸을 열어 젖혔다

결론적으로,
유일한 쑤시개만 용납되던 독점과 독재의 시대는 가고
다자가 공유하는 자유 민주의 디지털 개방세상이 되었다
더러, 아랫도리의 은밀함을 향수하는 보수적 부류도 상
존하였으나
그 역시도 수개의 복제된 쑤시개들로 인하여
다자공유의 개방사회라는 통성을 극복할 수는 없었다.

콩나물 앞에서

경건하여라,
꼬물꼬물 저 어린 생명들
세상으로 제 목숨 내밀며
온몸으로 올리는 저 성스런 경배!
두건을 벗어들고
고개 숙여
발원하는
저 순정한 묵도!

걱정마라 껑정아

길이 없어도 가야지 않겠나
저 형형히 눈 뜨는 궁홀*의 산이여 계곡이여
어젯밤 폭설과 칼바람이
속연도 미련도 지우고
의적의 길도 반적의 길도 지우고
기어이 저 벽송의 어깨마저 분질러 놓았으나
길이 없어도 가야지 않겠나
팔도 조선의 착한 풀꽃들아, 눈물들아
백정이라면 어떻고 도적이라면 어떠한가
반적이라 역도라 한들 또 어떠한가
가야 한다면,
내가 길이 되어 가겠네
뻐꾹채 피 토하는 쑥구렁에
사지 찢긴 가도치 형님을 묻고
눈물 대신 뜨거운 약조 하나 심장에 새겼네
가야겠네, 기필코 가야겠네
단군 할아버지 고뇌 어린
구월산 사왕봉에 큰절 올리고

아사달 산신령님께 무릎 꿇어 삼배 올리고
구름같이 말을 몰아
하늘같이 내 가야겠네
속절없는 것이야 어디 눈물뿐이겠는가
저 붉은 태양이 심장에 뜨겁게 타오르면 그뿐
은율 너머 재령, 기어이 아침이 열리는 조선의 땅끝까지
백정이라는 반적이라는 내 아픈 이력이
팔도 조선의 홍진으로 나부낄지라도
해어진 짚신처럼 온몸이 너덜거릴지라도
달리고 달려 내일로 가야겠네
그러니 울지 마라
조선의 들꽃들아, 멍든 뻐꾹채야
비바람이 미친 승냥이처럼 달려들어도
울지 마라, 어제를 울되 내일은 울지 마라
네가 이 땅의 주인이다
거룩한 근본이다
너는 피고 또 피어서
오늘을 증거해다오

미친 주구와 오리 떼가 걱정이었던 한 사내를,
걱정, 걱정하다 꺽정이가 되어버린 아픈 전설을,
피 어린 길과 길들을 증거해다오
오오 조선의 더운 핏줄들아!
뿌리 뿌리 쓰라린 풀꽃들아!

* 황해도 구월산(九月山). 본래 궁홀산(弓忽山)이었으나
구월산으로 개칭. 단군과 임꺽정 전설이 전해옴.

희망버스는 정오에 떠나네

희망버스는 정오에 떠나네
서울에서 부산까지 달려가네
장마에 불어터진 희망을 싣고
자본에 불어터진 절망을 싣고
떠나네
희망으로 가서 절망으로 만나네
만나서 절규하네
나 슬퍼도 살아야 하네
나 슬퍼서 살아야 하네*
노동과 공복을
가족과 일상을
우리 슬퍼도 살아야 하네
우리 슬퍼서 살아야 하네
개발과 이윤을
권력과 자본을
끄떡끄떡 하늘로 들어 올렸다는 영도다리는
이제 움직이지 않네
하루에도 몇 번

바닷길 하늘로 열린다는 아름다운 전설은
붙박이처럼, 불구처럼, 딱딱하게 굳었네
부산 영도에서, 명동거리에서, 잿빛 작업복에서
희망이 해고되네
노동이 철거되네
달려가도 달려가도
열리지 않는 길
열리지 않는 하늘
아아
불구처럼 딱딱한 시월,
× 같은,

* 드라마 〈명성황후〉 OST 〈나 가거든〉 중에서.

가을의 비망록

최후의 자세를 생각하는 것이다
서늘한 눈매로 서 있는 가을나무는
지는 해 저녁놀 곱게 물들이듯
떠나는 모습이 아름답고 싶은 것이다
한때 뜨겁게 사랑하지 않은 자
어디 있겠고
마침내 결별이 아프지 않은 자
어디 있겠는가
가을은
노랗게 혹은 발갛게 울음의 색깔을 고르며
불꽃처럼 마지막을 타오르고 있다

빛나는 한때를 간직한 가을나무는
알고 있다
하나 둘 떨구는 이파리마다
그리운 이름들을 호명하며
막막한 절망을 지워 가는 법을
그 간절함의 빛깔로

눈 감아도 선연히 되살아오는 얼굴들
가슴 깊숙이 나이테로 새겨두는 법을

겨울나무를 위하여

손들고 서 있어!
나무는 벌을 서고 있었다
두 팔을 들고 오랫동안 그늘진 복도에 서 있었다
선생님처럼 당신은 오지 않고
키득이는 웃음소리만 덜컹덜컹 유리창에 와서
바람이 되어 흩어지고 있었다
벌을 서는 동안
나무는 내내 고뇌하였다
나의 과오는 무엇인가?
가진 것 다 털리고도 온몸으로 벌을 서야 하는
이토록 원통한 나의 죄명은 무엇인가?

고뇌의 끝에서 햇살이 자라났다
아장아장 봄볕이 걸어 들어왔다
옆구리에 숨겨둔 그리운 눈썹 하나가
깜빡깜빡 수줍은 눈을 뜨자
간질간질한 겨드랑이 틈에서 꽃이 피었다
꽃은 사랑이 되기도 하였다

오오 향기로운 개화開花여!
나무는 만세를 불렀다 소리 높여
노래를 불렀다
손에 손에
푸른 깃발을 펄럭이며
사랑도 명예도 이름도 남김없이 다함께 나가자*며
혁명의 뜨거운 노래를 불렀다

가을을 지나면서
퇴색한 깃발들이 차례차례 무릎을 꿇고
혁명의 노래는 재빨리 잊혀져 갔다
잘못 핀 사랑의 가지 끝에
고뇌에 찬 붉은 열매가 서릿발에 시들며
오래도록 울고 있었으나
아무도 따라 울 줄을 모르고
하늘에선 부고처럼 흰 눈발이 흩어지고
당신은 잊었는지 오지 않았다

문득
기도를 하고 싶었다
고독할수록 더욱 뜨거워지는
가난한 내 사랑을 위하여
겨울이 올수록 더욱 또렷해지는
혁명의 붉은 나이테를 위하여

겨울나무는
펄럭이는 깃발도 없이
가지를 흔들다가
기도를 하다가
추억의 만세를 부르다가
손들고 서 있어!
매운 칼바람의 자락에 철썩 따귀를 맞으며
겨울을 견디고 있었다

겨울이 오면
나무는 아프다

낙화한 사랑도 아프다
불발의 혁명은 더 아프다.

      * 〈님을 향한 행진곡〉 중에서.

부조리 不條理

기다리는 것은 오지 않는다
그래도 우리는 기다려야 한다

세상은 가도 가도 낯설 뿐이다
생활은 기계적이고 존재는 의심과 회의로 가득하다
나는 낯선 세계에 홀로 남겨져 있다
어머니 자궁에서 출궁되었을 때부터
우리는 이미 혼자다
이 세계의 이방인이다

어디선가 숙명의 꽃이 피었다 진다
죽음은 독자적이다
죽음은 우리의 행동도 아니고 경험도 아니다
그것은 스스로 간섭되지 않는 견고한 독자성이다
물론 신은 오래 전에 죽었다

그래도 우리는 기다려야 한다
오지 않을 고도를 기다리며

과거가 될 오늘을 미래처럼 기다려야 한다
꽃이 질 것을 알면서 피는 것처럼
우리의 기다림은 숙명이다
질 것을 알면서도
온몸으로 실존을 꽃피워야 한다
그것이 나의 숙명이다

나의 시지푸스는
오늘도 땀 흘리며
산으로 바위를 밀어 올린다.

새
—— 피그말리온

새들은 죽어서 나무가 된다
새의 애절한 눈동자를 들여다보노라면 이를 알게 된다
새의 발은 나무의 뿌리를 닮았다
새가 나무와 한 족속임을 보여주는 확실한 증거다
새의 날개는 욕망이다
날개는 언제나 새를 지치게 한다
새가 지쳤을 때
그의 안식처는 오직 나무가 된다
새는 간절히 나무가 되고 싶다
그 열망이 제 발을 나무의 발과 닮게 만들었다
어떤 간절함은 그것이 되게 한다
새는 나무에 앉아서 나무가 되는 법을 배운다
바람이 불면 함께 흔들리고 비가 오면 같이 비를 맞는다
욕망을 버린 날개는 날개가 아니다
그러므로 나무 위의 새는 새가 아니다
하늘로 푸드덕 떨어지는 하나의 열매다
새가 날개를 다소곳이 접고 나무에 앉으면
온전한 열매의 형상이 된다

그는 온 힘을 다해 나무가 된다
적멸의 무량한 희열에 든다
함허含虛에 든다
새가 말없이
우주의 중심으로 깊이 뿌리를 내린다

심청전 비틀어 읽기

수세기 동안 많은 왜곡과 숱한 위증들이 계속되었으나
효녀라는 장옷을 덮씌워 집단 살해하였음이 밝혀졌다

열다섯 살, 봄꽃 같은 소녀가 있었네
눈은 샛별보다 초롱하고 입술은 동백보다 붉었네
치아는 희고 투명하여 백설 같았네
너무 아름다워 바람마저 그녀를 탐내었네
너무 고와 해와 달마저 그녀를 가지려 했네
물고기는 헤엄치는 것을 잊고 바닥으로 가라앉았고
하늘을 나는 새는 날갯짓을 잊고 땅으로 떨어졌네
청아, 청아, 내 딸 청아!
알마비바 백작은 오늘도 꽃 같은 수잔나가 욕심이 났네
맑고 아름다운 우리의 청이는 봄봄 열다섯
영주는 탐욕스러웠고 승려는 음험했네
가진 자들은 더 많이 가지려 하고
누리는 자는 더 많이 누리려 했네
심봉사는 까맣게 눈이 멀었고
힘센 그들은 탐욕으로 눈이 멀었네

그래서 피가로는 날마다 고민이었네
삼백 석 공양미는 깊고 깊은 수렁이었네
백작이 자꾸 수잔나를 유혹하네
승려가 자꾸 심봉사를 유혹하네
용왕이 자꾸 청이를 유혹하네
오오 탐욕의 알마비바여!
간특한 시대의 이데올로기여!
결국 열다섯 살 소녀는 살해되었네
그녀의 주검에는 효녀 마크의 차도르가 덮씌워졌네
집단 이데올로기는 그녀의 죽음을 자랑하네
자랑하며 짓밟네
열다섯 연분홍 꽃잎 처녀막이 바르르 떨고 있네
도와줘요 솔로몬, 번쩍이는 지혜가 피가로에게 필요해요
동백꽃보다 붉은 수잔나의 처녀성을 지켜야 해요
임당수의 어린 숫처녀를 구해야 해요
둥둥 바다연꽃 속 죽은 청이가 관음으로 피어나네
휘영청 달마저 부끄러워 구름 뒤로 숨고
세상의 꽃들도 무안하여 잎으로 제 모습을 가리네

이런, 시베리아 된장!

처녀막을 터뜨린 티벳의 승려가 돈까지 달라고 하네

에이, 신발끈!

초야권 마구 쑤셔대던 영주가 헉헉헉 낄낄낄 지껄이네

이보게, 처녀막은 위험한 것이네

그곳의 붉은 핏방울이 자네에게 재앙을 가져올 거야

신의 이름으로 힘센 우리가 파화破禍를 해야 해!

그건 신성한 우리들의 의무지!

애송이 피가로야 알겠니?

어이, 멍청한 까막눈 영감, 당신도 알아들었지?

2
불가마 찜질방에서

쉬이, 말뚝아!

이놈 말뚝아
어서 이 가면 좀 벗겨다오
이만하면 많이 놀았다
마흔여섯 해, 그 긴 세월 감추어왔던 탈
이젠 벗겨다오

나는, 선하지 않다
나는, 아름답지 않다

고백하노니, 코흘리개 시절
학교 앞 점방에서 과자봉지 훔친 적 있고
불알친구 고운 면상에다 코피까지 터뜨린 적 있나니
오호,
그러고도 희희낙락 잘 살았느니
모범생인 양
상도 받고 대접도 받고 잘 살았느니

크면서

양 다리, 세 다리, 다리 다리 걸치며
눈망울 착한 계집애들 무참히도 멍들였느니
결혼하고도 딴 치마에 마음 홀린 적 있었느니
그러고도
밤이면 아내의 브래지어를 뻔뻔하게 끌렀느니

더—더—더—
역겹게는
연초록 순정한 학생들에게
교과서를 펼쳐라, 바른 자세로 앉아라
흰 분필 노란 분필 휘갈기며
바른말, 맞춤법,
침 튀기며 잘난 척 떠들어대면서
슬며시 찔러준 촌지, 아닌 척 받은 적 있느니
그러고도 거드름 피우며 교단에 서서
어험, 무게 잡고
어험, 훤한 세상 속이려 들었느니
거들먹거리며

접장 탈 쓰고 한바탕 잘 놀았느니

그러니, 이놈 말뚝아
이 역겨운 탈, 어서 좀 벗겨다오
제발!

불가마 찜질방에서

다비식을 치르는 부처가 있네
억년 미래에 온다는 도솔천 미륵이
문득, 경계를 지우고 이곳으로 와
뜨거운 석굴에 좌정하고 있네
꽃잎인가 여고생인가
열일곱 관음보살이 분홍 티셔츠를 입고
여리고 순한 눈 지그시
고뇌를 땀 흘리고 있네

저 꽃잎 관음이야 무엇을 버려야 할까마는
반백년 아귀였던 나는
버려야 할 것이 지천이네
비워야 할 것이 몸 가득이네

큰스님 같은 소신공양은 아니더라도
열반 드는 부처의 다비야 더욱 아니더라도
오장육부 덕지덕지 살찐 오욕을
기름진 이 탐욕을 감해야 하리

쩔쩔 끓는 불지옥에 스스로를 담그고
속죄의 눈물인 듯 온몸으로 땀 흘리며
덜고 덜어서 가벼워져야 하리

가벼워서 환한
꽃잎처럼
저 열일곱 분홍 관음처럼

자화상

어이, 똥방위!
세상은 나를 그렇게 불렀다
아버지가 안 계신 덕에
사지 멀쩡한 나는, 방위병이 되었다
세상은, 내 심연까지 쫓아와 마구 똥칠을 해댔지만
끝내 나는 울지 않았다

누가 뭐래도 나는
도시락을 흔들어 적의 레이더를 교란하는
신통력의 방위였으므로,
젓가락을 두드려 적의 무선통신을 마비시키는
전설의 방위였으므로……
오래 핀다는 남도의 백일홍도 석 달이면 끝장이 났지만
푸른 개구리복의 나는
6개월 동안이나 꽃방위로 피어났다

대위 위에 방위 있고
방위 위에 꽃방위 있다고

어떤 이는 내게
부러움의 꽃가지 후드득 던졌지만
그래도 나는 부선망독자
하늘 아래 아버지가 없는 고독한 아들
신의 아들도 꽃의 아들도 아닌
죽은 아비 그리운 쓸쓸한 사내
아아, 아픈 똥방위!
슬픈, 꽃방위!

개 같은 사랑에 대한 보고서

솜털 보송보송한 아홉 살 적,
하굣길에 흘레붙은 개들을 보았다
땡볕 대낮에 똥개 연놈이
서로의 튼실한 엉덩이를 맞대고 목하 열애 중이었다
서로의 몸과 몸을 관통한
붉고 뜨거운 기둥을 공유한 채
한통속이 되어 헐떡이며 불타고 있었다
그 거리낌 없는 사랑의 합체가
어린 심장을 사정없이 쿵쾅쿵쾅 쑤셔 박았다
민망함이었을까, 시샘과 질투였을까
나는 돌멩이를 집어 연놈에게 던졌다
따악, 놈의 마빡에 돌멩이가 정통으로 꽂혔다
한심하다는 듯
연놈은 잠깐 나를 쳐다보았을 뿐
붉고 뜨거운 기둥 더욱 단단히 서로를 꿴 채
암수한몸의 비경 끝내 풀지 않았다

오오, 놀라워라

붉고 황홀한 저 깊은 결속의 뿌리여!
오오, 위대하여라
내 것과 네 것이 하나 되는 저 뜨거운 합체여!

어느덧, 세상 눈치 살피는 중년의 세월
문득 '개 같은 영혼'이 그립다
개 같은,
이 세상 가장 뜨겁고 아름다운 어울림에 대하여
너와 나 섞이어 더욱 견고해지는 하나 됨에 대하여
애꿎은 돌멩이에 철철 피 흘릴지라도
철부지 돌팔매쯤이야 애당초 두렵지 않은
그 열혈의 자세, 그립다

사랑은
어디서든 누구 앞에서든 당당해야 한다는
그날의 가르침 한 수!

통속에서 배우다 1
── 속 좁은 여자

여자는, 속 좁은 여자가 좋다

이것저것 다 받아주는 인심 좋은
순댓국집 아줌마 같은, 속 넓은 여자보다
도무지 씨도 안 먹히는 깐깐한 여자
앙다문 피조개 같은
한번 허락하면 꽉꽉 깨물고 놓지 않는,
암여우 거시기 같은 여자
관솔같이 활활 타오르는 여자
완전 죽여주는 여자

속 좁은, 여자
질 좋은, 여자가
좋다.

통속에서 배우다 2
─ 첫사랑

첫사랑은 무조건 아프다
잘살고 있으면… 배가 아프고
못살고 있으면… 가슴이 아프고
같이 살자고 하면… 머리가 아프다!

고속도로 휴게소
환장할 아랫배를 틀어쥐고 끙끙대다가
공중 화장실 벽에 적힌 낙서를 읽는다
히야~, 명언이다
웃음꽃이 팝콘처럼 터진다

그렇군, 첫사랑이란 어차피 아플 수밖에 없는 것!

끄응, 진땀을 쏟으며
내 안 깊숙이 똬리 틀고 있던
지독한 뱀 한 마리를 밖으로 몰아낸다
순간, 거짓말처럼 통증의 먹구름이 걷힌다
세상이 환해진다

정말이지 이제 아프지 않다

은미야, 잘 살아라!

장주지몽

몽환의 언덕에서 꽃이 피기 시작한다.
향기가, 고놈의 향기가 세상을 지배한다.
호접아 날아야 하느니
백 년에 한 번 피었다 지는 생生의 꽃이 핀다
날개에 오월의 가장 눈부신 빛살들이 꽂힌다
나의 사유는 달디단 꿀을 마시고 천 년을 취하고
내 두개골 속 어느덧 꽃씨 하나 날아와 싹을 틔운다
관절마다 향기로운 잎이 돋고
한 마리 나비 훨훨
약수弱水를 건너는 꿈을 꾼다
송근을 베고
유월의 숲속에서 잠을 잔다
복숭아꽃 피는 무릉도원은 보이지 않고
아카시아 꽃향이 솔바람에
하얗게 도화처럼 흩날리는 서쪽으로, 달이
저만치
관음의 모습으로 돋는다.

샤갈의 프러포즈

모든 시인은 어디선가 죽고
모든 시인은 어디선가 태어난다

새벽 오줌잠에서 깨어 오랜만에 아내를 더듬는다 어슴
푸레 실루엣으로 드러나는 평강공주의 낡은 허리, 온달
보다도 못한 천치의 지아비를 만나 스란치마는 오백 년
을 젖었다 아내의 뽀얀 젖무덤은 성스러운 골고다 언덕,
나는 거기 젖먹이처럼 아기예수처럼 포옥 얼굴을 묻어본
다 서슬에 아내의 꿈은 선녀처럼 무지개다리를 건너다
그만 이승으로 되돌아오는지 지구로 귀환하는 우주선처
럼 중심이 문득 흔들린다 막 대기권을 진입하려는 위험
한 순간이다

그때,

더 이상 참을 수 없는 종려나무가 하늘을 힘껏 찌른다
뻥, 하늘이 뚫린다
천-기-누-설-

허공을 뚫고 수억 마리의 흰 나비가 날아 내린다
눈, 눈이다
세상의 오욕이 모두 덮이고
겨울 가지의 끝과 끝
도래할 화신花信에
미치도록 뿌리가 가렵다.

정자 포구에서

고향바다는 온몸으로 운다

바닷가에서 태어난 나는
불알이 얼얼해지도록
시린 동해바다와 한통속으로 살았다
내 유년의 한 시절은 그렇게 알몸으로 푸르렀다
그때 나는 소리 없이 울 줄을 몰랐고
궁구해야 할 생의 질문에 대해 알지 못했다
별무리 흘러가는 은하의 계곡을 따라 걷거나
자갈돌 쓸어가는 파도의 음계를 짚어보는 것이
내가 이룩했던 거룩한 과업의 전부였다
누가 알았겠는가
유년이란, 신기루 같은 몽환의 계절
환타스틱의 연대기란 것을

별자리가 자리를 바꾸듯
천궁 빛 사춘기의 어디쯤이었을 때
오월의 봄바다는 교복 입은 여고생처럼 단아했다

나는 옥빛 치마 살랑대는 바다로 나가
손나팔로 아득히 수평선을 불러보거나
통, 통, 통, 물수제비를 하염없이 띄우곤 했다
어쩌면 포롱포롱 물수제비처럼 수면을 날아
사랑에게 가고 싶었는지도 몰랐다
사랑에게 가는 길이 언젠가는
물수제비처럼 속도를 잃고 가라앉게 된다는 것을,
쓸쓸한 몽돌이 되어 가라앉게 된다는 것을,
나는 알지 못했다

어느 날 문득, 나는 지명知命의 바다에 서 있다
아직 하늘의 뜻은 도무지 알 길 없는데
하늘을 물수제비처럼 날던 유성 하나
천근의 어디쯤 빛나는 마침표를 찍는다
내 귀는 아직도 딱딱하고
내 눈은 여전히 청맹과니인데
나는 어디쯤에 유성 같은 환한 마침표를 찍어야 하나
오오 무량의 바다여

철썩철썩 죽비처럼 나를 후려쳐다오
딱딱해진 눈과 귀를 순하게 열어다오

울지 않아도,
바다는 맨발로 달려와 내 발등을 핥는다
어미소처럼
온몸으로 나를 핥는다
괜찮다 아들아, 괜찮다 아들아
하얗게 하얗게 백발로 부서지며
불립문자로 나를 울어준다.

오늘은 죽기 좋은 날

오늘은 죽기 좋은 날
모든 생명체가 나와 조화를 이루고
모든 소리가 내 안에서 합창을 하고
모든 아름다움이 내 눈 속에서 녹아들고
모든 잡념이 내게서 멀어졌으니
오늘은 죽기 좋은 날
나를 둘러싼 저 평화로운 땅
마침내 순환을 마친 저 들판
웃음이 가득한 나의 집
그리고 내 곁에 둘러앉은 자식들
그렇다 오늘이 아니면 언제 떠나겠는가

라고,
노래하는 타오스족 인디언처럼
내 영혼이 깃털처럼 가벼워진 어느 날
찰칵
이 세상 마지막 풍경을 담은 눈동자
비문인 양 석양에 쏘아두고

나 기꺼이 죽기로 한다
죽어서 영원히 행복하기로 한다

오늘은 죽기 좋은 날
정녕 죽어서 복된 날
죽자!
열망이여, 목숨이여!

하지만
최후의 찰나 내 그리움은
컹컹
팔려가던 개처럼 목줄을 끊고
필사적으로 죽음에서 도망쳐 온다

오늘은 죽기 좋은 날
그래서
살기엔 더욱 좋은 날
살자!

열망이여, 빛나는 목숨이여!

오늘은 살기 좋은 날
모든 생명체가 나와 조화를 이루고
모든 소리가 내 안에서 합창을 하고
모든 아름다움이 내 눈 속에서 녹아들고
모든 잡념이 내게서 멀어졌으니
오늘은 살기 좋은 날
나를 둘러싼 저 평화로운 땅
다시 순환을 시작하는 저 들판
웃음이 가득한 나의 집
그리고 내 곁에 둘러앉은 아내와 자식들
그렇다, 삶이 축복이 아니면 무엇이 그것이겠는가.

눈물의 염도

눈물은 나의 오랜 양식
이 세상 처음으로 맛본 것도 그것이었네
코흘리개 다섯 살은
콧물의 참맛에 미혹되었던 시절

아홉 살 땐 주먹다짐을 하다가
펑펑 코피를 쏟고
뜨거운 피맛까지 알게 되었네

눈물, 콧물에 생피까지 먹었으니
나는 이미
나를 모두 맛본 셈이네

그때
나는 알게 되었네
눈물 콧물 핏물이
모두 염장이 되어 있다는 사실

신께서

나를 온존케 하기 위해

함부로 부패하지 말라고

세월 따라 숙성이 되라고

알맞게 온몸을 염장해 놓았음을 알았네.

김치를 담그며

파랗게 겁에 질린 그녀를 도마 위에 눕히고
프로크루스테스처럼 크기에 맞게 발목을 자른다
푸른 치마를 벗기자
그녀의 노란 속살이, 싱싱하게 드러난다

탐욕은 언제나 잔인한 법
병아리 같은 그녀의 속살에 소금을 흩뿌린다
녀석은 흡혈충처럼 달라붙어
악착같이 체액을 빨아낼 것이다

그녀가 사지를 축 늘어뜨린다
저항성을 상실한 저 풀죽은 육체의 고요
하지만 칼잡이는 감상에 빠져선 안 된다

짐짓 조문을 하듯 고개를 숙이고
양파를 까며 눈물을 흘린다
악어의 눈물처럼
사악한 욕망은 약간의 쇼가 필요하다

붉은 고춧가루로 그녀를 염습하며
도가니에 차곡차곡 안치한다
서서히 발효되는 탐욕

꿀꺽, 욕망이 에덴의 뱀처럼 똬리를 튼다.

애기똥풀 앞에서

네 앞에서
부끄럽다
곱디고운 노란 애기똥풀 꽃

어렸을 적
엄마 젖가슴만으로 무량 행복했던 적, 있었지
죄 없이 순한 눈 초롱초롱 별이었던 적, 있었지
그땐 저 애기똥풀 꽃 빛 같은
순황의 똥을, 세상을 향해 통쾌히 날려보냈지
황금의 똥은 빛나는 자랑이었지
어머니의, 기쁨이었지
한 점 죄 짓지 않아
자두처럼 향기로웠지

어느덧
죄 많은 불혹의 세월
나, 부끄럽네
황금빛 순색을 잃은 나는
구린내 풍기는, 변색된 나는

나비에게

나 늙어서는 좀 고통스럽게 살다 갈란다
젊어서 고생은 사서도 한다지만
나는 외려 늙어서의 고생을 사서라도 해야겠다
내 만약 너무 행복하여
귀신처럼 늙어져도 이 세상 뜨기 싫으면
그 추함을 어찌하리
인간 번뇌 중에
사랑하는 이와의 별리가 가장 아프다는데
나, 떠나는 일이 고통이 되고 싶지는 않음이니
너무 행복한 늙음일랑 사양할란다
그러니
더 늙기 전에 지금 좀 활짝 행복하면 안 될라나
가슴에 확 불지르는
도적 같은 바람이라도 다시 만난다면 또 어떨라나
꽃이 질 때 바람에 고요히 제 몸 맡기듯이
나, 갈 때는 그리 가고 싶으이.

3
사랑의 물리학

사랑의 물리학

질량의 크기는 부피와 비례하지 않는다

제비꽃같이 조그마한 그 계집애가
꽃잎같이 하늘거리는 그 계집애가
지구보다 더 큰 질량으로 나를 끌어당긴다.
순간, 나는
뉴턴의 사과처럼
사정없이 그녀에게로 굴러 떨어졌다
쿵 소리를 내며, 쿵쿵 소리를 내며

심장이
하늘에서 땅까지
아찔한 진자운동을 계속하였다
첫사랑이었다.

잘 가라, 여우

바람 속으로 긴 꼬리 가오리연을 띄운다
여름이 가고 있다
폭풍 속
영혼을 탕진한 나의 여름은 컹컹 울부짖으며 가고 있다

꼬리가 긴, 그녀는 틀림없는 여우
나의 간을 빼내어 호호 갖고 놀던 여우
바람이 부는 저녁
긴 머릿결의 여우가 날아오른다
살랑대며 바람을 타는 유연한 꼬리
나, 홀딱 홀리어서 죽음도 두렵지 않던 마법의 긴 꼬리
빙글빙글 바람을 굴리며 재주를 넘는다

붉게 울음 우는, 미친 꽃아
두 눈 숭숭 불타버린, 청맹과니 꽃아!
너도 더듬더듬 허공을 짚으며 길 떠나는구나
거친 바람 속 선혈의 낙화송이 흩날리는 해거름
내 간을 빼내, 호호 갖고 놀던

홀린 사랑을 날려보낸다

깊은 어둠이
어둠보다 더 깊은 절망이 야수처럼 오기 전에
손목의 동맥을 끊듯 이제 연줄을 끊어야 할 시간
빙글, 재주를 넘으며 내 넋 달뜨게 호리던
긴 머릿결의 여우를
푸드득, 새처럼 날려 보내야 할 시간

그리운 것은 꽃으로 핀다

졸업한 지 30년도 지난 겨울
고향 땅이 천 리도 넘는 서울 약수역 근처에서
세월의 문을 열고 초등학교 동창회에 간다
영태, 미숙이, 귀숙이, 광수, 덕수, 종란이……
이름을 알 길 없는 길섶의 풀꽃들 마냥
아른아른 눈에는 익으나 끝내 떠오르지 않는 이름표를
달고
정겹고 환한 들꽃들까지 어울려 피어 있었다
모두, 마흔다섯의 세월을 껴입은 채
열세 살의 꽃으로만 피어 있었다
그들 중에는 나를 위해 웃던 꽃도 있었고
위하여 내가 웃어야 했던 꽃도 있었다
그러는 사이 봄이 왔고 여름이 갔고
우리들은 민들레 홀씨처럼 흩어져
낯선 곳에서
누군가를 위하여 웃었고
누군가를 위하여 울어야 했다

받아쓰기를 하고
구구단을 외고
술래잡기를 했던 그날의 우리는
삼각함수로도 풀지 못하는 사랑에 대해 몰랐었다
극한값이 제로가 되는 인생에 대해서는 더욱 몰랐었다

사랑아,
그리운 것은 꽃으로 다시 핀다는 것을 알기까지
50년이 걸렸다.

내 사랑 포르테

나무의 거친 껍질을 뚫고 꽃 피어난 목련을 본다
캄캄한 겨울감옥의 벽을 긁어대며 울었을
그녀의 애절한 행적을 생각한다
아프다
목숨을 건 탈출이었을 것이다
아프지 않은 생이 어디 있으랴만
그녀가 건너야 할 계절은 유독 가혹했을 것이다
부르튼 손가락 마디마다
툭툭 터지는 애절한 열망을 본다

환하게 웃는 목련의 눈빛이, 착하게 나를 읽으며 젖고
있다
그녀의 일렁이는 꽃눈물 속에서
나는 아득한 윤회의 바다를 본다
억겁 전생의 어느 한 시절
내 사랑이었던 한 여인을 본다

필경 우리는 사랑하는 사이였을 것이다

내가 견우였다면 그녀는 직녀였을 것이다
그렇다, 우리는 사랑했던 것이다
너무, 너무, 사랑했던 것이다
계율이나 율법도 죽음조차도 두렵지 않은
뜨거운 영혼으로 타올랐던 것이다
그러는 사이
눈부신 우리 사랑은 신들의 시샘과 미움을 샀던 것이다

오오, 마침내 우리는 내쳐졌던 것이다
죄 많은 나는 인두겁을 쓰고
고운 그대는 꽃너울을 쓴 채
견우와 직녀가 그러했듯, 우리 또한 벌해졌던 것이다
일 년에 한 번
이렇게 꽃과 인간으로 만나
눈빛으로만 사랑을 나누는 천형에 처해졌던 것이다
그런 까닭에
나를 보는 그대의 눈빛은 더없이 애절한 것이고
환한 그대 웃음을 보며 나는

아픈 눈물을 읽게 되는 것이다

오오 목련이여, 내 사랑이여!
우리의 다음 생은 어디인가!
내가 바람이거나
그대가 구름이거나
우리는 가없는 간절함으로 다시 만날 것이다
더욱 뜨겁고 더욱 깊이 만날 것이다
더할 수 없는 고통의 바다로 다시 내쳐진다 해도
죽음보다 독한, 우리 사랑은
불가사의를 지나, 무량수의 연대기를 지나
다시 타오르고
다시 피어나며
다시 불어댈 것이다
오오, 아름다운 죄여! 불멸의 내 사랑이여!

나는 늑대다

나는 늑대다 고독한 전설이다 개처럼 보일지도 모르지만 개가 아니다 딱 한 번 개가 되어도 좋다고 생각했던 적이 있다 개처럼 애절하게, 당신 앞에서의 일이다 그러나 분명 개가 아니다 우우우 달을 보고 우는 연유를 당신은 알까? 나는 뜨겁게 당신을 포옹하고 싶을 뿐 가벼이 꼬리를 살랑이지 않는다 나는 개가 아니다 그러므로 함부로 짖어대지 않는다 개는 짖지만 나는 운다 하늘을 향하여 운다 우우우 달을 보며 운다 울더라도 절대 고개 숙이진 않는다 그래서 내 눈물은 뺨을 타고 흐르는 것이 아니라 뜨거운 심장을 적시며 흐른다 우우우 심연 속으로 뜨거운 빗물이 되어 내린다 나는 평생 한 마리의 암컷만을 사랑한다 당신, 나의 본능은 모두 당신 때문이다

다시 말하지만
나는 꼬리를 흔들지는 않을 것이다
나는 개처럼 짖지도 않을 것이다
우우우 내 울음이 닿는 하늘 끝
그곳에 휘영청 당신 같은 달이 있고

나는 또 우우 달울음을 울겠지만
절대로 눈물 따윈 보이지 않을 거다
나는 늑대니까
슬퍼도 고개 빳빳이 들고 내 눈물 뜨겁게 심장으로 흘
려보내며
우우우
당신 같은 달을, 달 같은 당신을
밤 새워 울어 볼 거다
내 울음이 산등성이를 타고 넘어
광막한 산맥, 들판을 지나
우우우
살아 있는 세상의 푸른 귀들에 닿을 때까지
마침내 그 울음 하늘까지 닿아
달빛마저 울컥 쏟아져 강물 위에 반짝일 때까지
나는 운다
눈물은 언제나 남은 자에게 뜨겁다
푸른 하늘의 낮별처럼, 보이지 않을 뿐
내 깊은 안쪽

뚝뚝 열망의 눈물, 별처럼 반짝인다
눈 감고 있어도 내 귀는 언제나 깨어 있다
그대 뺨에 내리는 새벽이슬 소리
한숨의 꽃자리마다 금 가는 소리
우우 아프게 달빛에 적시며.

조신調信의 꿈

꽃을 생각한다
한 열혈 사내의 최후를 생각한다
제 모가지를 뚫어 콸콸 쏟아지는 피를
뜨겁게 꽃으로 피워내던 사나이
그 처절한 격정을, 열애를, 생각한다
다 버리고, 본원마저 버리고
오로지 표적했던 단 하나의 꿈

참 우습구나
굶주리고 헐벗고 빌어먹는 동안
거추장스런 것이 바로 당신이었다니!
그 혐오의 실재가 사랑이었다니!

지우자
허무의 나, 이율배반의 나
햇볕 켜켜이 알몸으로 나를 말리자
극한으로 가벼워져서 마침내 내가 나를 잊을 때까지
간을 꺼내고

부질없이 쿵쾅대던 심장도 꺼내고
세상 앞에 무릎 꿇린 저 아귀 같은 창자도 마침내 꺼내고
하루, 하루, 가벼워져
어느 가을날 문득 투명한 바람이 되자
잠자리의 날개처럼, 나
꽃 피는 봄날의 반짝이는 여백이 되자
속절없는 한 생을 비우고
눈 뜨면 이미 아닌, 꿈의 생을 지우고
저 부신 적멸로 가자
사랑아, 너도 같이 그렇게 가자!

조신의 바라밀

어느 봄날
나, 꽃 같은 사랑 하나 하였네
하늘하늘 보기 좋아
그만, 바람까지 사랑하였네
꽃이 지는 줄도 모르고
사랑이 지는 줄도 모르고
꿈속까지 사랑하였네
까맣게 눈먼, 청맹과니 사랑을 하였네
미치게 사랑을 사랑하였네
그 사랑,
영겁의 어둠이었네

세상으로
무량한 비 내리네
나, 맨발인 채로 빗물 되어 함께 흘러가네
마하반야 바라밀다
네 돌무덤 적시던 눈물
흘러 흘러 바다로 가네

흘러 흘러
하늘로 가네
적멸이 되어 떠나네.

목련 일기

4월아, 나는 왔다
데미안과 어린왕자와 갈매기 조나단을 찾아
견딜 수 없는 치욕을 뚫고 나는 왔다

사실, 삶은 총구같이 위태로운 것
타앙—, 찰나에 세계는 소실되고 마는 것
동백처럼 심장이 꽃 지더라도
4월아, 나는 끝내 왔다

겨울 모서리
할퀴어진 생채기마다 쿵쿵 피가 돈다
꽃들이 핀다
심장이 뛴다
피가 돈다, 네가 핀다, 내가 뛴다,
반짝, 별들이 빛난다

사랑은
전복하는 것이 아니라 순치하는 것

천둥을 포획하여 쿵쿵 심장고동으로 길들이는 것
기꺼이 목숨 다하는 순교인 것
4월의 눈동자는 그래서 깊고 그윽하다
나는 생채기마다 고운 꽃등을 달고
발목이 잘리면서도 자꾸만 네게 간다
왜냐고 묻지 마라, 꽃아
저기, 성호를 그으며
서쪽으로 향하는 별들의 궤적을 따라
나는 또 가고 갈 뿐이다
이 잔인한 계절
너를 목숨처럼 안고,

직녀 일기

오늘은 이 별에서 뛰어내리기 좋은 날이에요
앨버트로스의 눈부신 날개와 코스모스 속곳은 벗어두
고 가요
내가 이 별을 떠난 흔적이죠

한 오백 광년쯤 가면 만날 수 있을까요
그대 사는 별까지는 좀 외로운 여행이긴 하죠
난쟁이가 사는 초록 행성과, 가시 장미들이 어린 왕자
를 기다리는
소행성 B29에서 잠시 쉬는 것도 괜찮을 거예요
물고기자리를 지날 땐 부풀어 오르는 태양풍 오로라를
조심해야 해요
자칫 우리의 기억이 휘리릭 머플러처럼 날아가 버릴 수
가 있어요
그러면 난 만나도 그대를 알 수가 없죠
깜깜한 암흑처럼 원초적으로 슬프죠
와우 당신이 저만치서 보이네요, 양 떼를 몰며 피리를
부는 당신

내가 떠나온 별자리가 갑자기 눈부시게 환해지기 시작
했어요
당신을 만났으므로 내 별은 이제 막 초신성이 되는 중
이에요

그래요, 당신이면 나는 그만이죠
언제든 죽어도 좋죠
꽃이 지듯이 환하게요

시지푸스 사랑법

내 푸른 날은 꽃피울 것이 너무 많아
별도 바람도 햇살도 빗물도
팔 벌려 껴안고 싶었네
벌판에 선 나무처럼

허나, 운명은 나를 사랑하지 않아
베토벤처럼 나를 울게 하였네
폭풍의 언덕처럼 나를 찢고 할퀴었네
계절 뒤에 계절이 지고
기억 뒤에 기억이 덮이고
길 잃은 시간은 여윈 손가락을 땅에 떨어뜨렸네

별도 바람도 빗물도 햇살도 변함이 없었으나
나의 질문만은 늘 그대 앞에서 길을 잃었네
쿵, 산정에 밀어 올린 바위가 다시 굴러 떨어졌네
산마루에 숭숭 뚫린 가슴을 걸어두고
뜨거운 간을 날마다 쪼아 먹혀야 했네

사랑아,
너는 나의 갈망이었으나
가도 가도 허망한 신기루였노라
영혼까지 쪼아 먹히는 신화의 간이었노라
밀어 올려도 밀어 올려도
다시 굴러 떨어지는 절망의 바위였노라.

연서 戀書

팡아*에서 낯선 배를 탑니다
배는 툴툴거리며 함부로 물살을 휘젓습니다
당신도 늘 함부로 나의 바다를 휘저었었지요
배가 당도하는 곳은 늘 낯선 곳이듯
당신도 늘 낯선 곳에 당도해 있곤 하였습니다
팡아에는
바다에서도 자란다는 고뇌의 나무들이 섬을 이룹니다
그 나무들의 발들이 파도에 절어 내 눈이 다 시렸습니다
나도 당신의 바다에 절여진 뿌리를 쓰다듬으며
취하도록 술을 마십니다
그렇게 밀물처럼 차오르는 그리움들이
잠 못 든 발자국들을 다 지우도록
이름 모를 순정의 섬 하나 꼴깍 다 잠기도록
당신이 없는 바다에서 당신을 꼬옥 껴안아봅니다
당신이야 썰물인 양 떠나고 또 떠나겠지만
모래톱 위 시린 발자국을
나는 심으며
짜디짠 바닷속에 뿌리를 내린 그 쓰라림의 나무가 되어

맨발인 채로 또 당신을 기다리겠습니다.

* 팡아 : 태국 푸켓 인근의 해상 국립공원.

대부도 연가

문득 그리움이 해일처럼 밀려오는 날이면
그대, 대부도로 가게나

발가락 부르튼 열망
온몸을 웅크려 고뇌하는 가을 왕새우가 되어
파닥이다 붉게 소금에 구워지는
바다의 감미로운 주검을 만나보게나
그 향기로운 화형식에 참례하게나

돌아오지 않을 궤적의 별처럼
가야 할 사랑일랑 썰물에 띄워 보내고
미쳐 날뛰는 망둥어 연정, 안주인 양 저며 놓고
소주 몇 병
카아― 쓰라린 감탄사로 쏘며

가시리 가시리잇고 버리고 가시리잇고
날러는 어찌 살라고 버리고 가시리잇고

불콰한 설움, 옛 가락 한 소절로 해풍에 흩날리우면
가던 길 도망쳐온 순정의 여인처럼
어느새, 밀물의 사랑 발밑으로 달려와
철썩철썩
나 당신 없인 못 살겠소
밤새 울먹이는 바다를, 바보의 바다를
꼬옥 안아주시게
보듬어주시게

천왕봉을 오르며

산에 올라보면 안다
그리움이 어떻게 산이 되는가를
함묵의 봉우리가 울어 울어
더욱 깊어지는 내력을
그 눈물이 흘러 바다가 되는 세월을
바닷물이 왜 눈물의 맛인가를
안다.

지리산은
선 채로 억 년을 비에 젖고
선 채로 억 년을 울음 운다
그렇다고,
그 기다림의 당위나 애련의 연유에 대해선
묻지 마라
간절한 부름은 귀에 닿지 않고 영혼에 가 닿는 법

사랑아,
나도 너에게 그렇게 왔다.

4
후레자식

고해성사

추석 명절
치매요양원에서 나들이 나온 팔순의 어머니
소풍날 아이처럼 신명났다
송편 같은 보름달이 얼굴에 환하다

고장난 엘피판 같은 어머니의 기억
한물 간 손자의 근황을
묻고 또 물으신다

이 밤이 지나면
다시 떠나야 할 유배의 먼 길 눈치채신 걸까
갑자기, 섬뜩한 험담과 욕설을 퍼부어대신다
서슬 푸른 칼날이 팔방으로 날아와 꽂힌다
폭풍의 어머니,
자객의 어머니,
독설의 칼끝에 아내가 난자당한다
여기저기 생채기가 나고 가지가 부러진다
폭풍이 지나간 들녘은

다시 고요해진다
마법 같은 어머니의 변신!

미안하다 애비야
용서해다오, 부디 용서해다오
늙어, 죽지 못하는 것이 이렇게 몹쓸 죄가 되는구나

어머니의 고해성사는
맑고 맑아서
내 가슴을 뚫고, 억만 길 어둠을 뚫고
멀리 하늘까지 가 닿는다
참방참방 젖은 별들이 발등으로 떨어진다
심장이 울컥 박자를 놓친다

괜찮아요
괜찮아요, 어머니
다 아파서 그런 걸요

졸지에 사제가 된 아들은
하느님의 이름으로
그녀를 용서한다

·

·

·

·

그녀에게,
용서를 구한다.

후레자식

고향집에서 더는 홀로 살지 못하게 된
여든셋, 치매 앓는 노모를
집 가까운 요양원으로 보낸다

시설도 좋고, 친구들도 많고
거기가 외려 어머니 치료에도 도움이 돼요

1년도 못 가 두 손 든 아내는
빛 좋은 개살구들을 골라
여기저기 때깔 좋게 늘어놓는다, 실은
늙은이 냄새, 오줌 지린내가 역겨워서고
외며느리 병수발이 넌덜머리가 나서인데
버럭 고함을 질러보긴 하였지만, 나 역시 별수 없어
끝내 어머닐 적소適所로 등 떠민다

애비야, 집에 가서 같이 살면 안 되나?
어머니, 이곳이 집보다 더 좋은 곳이에요
 나는 껍질도 안 깐 거짓말을 어머니에게 생으로 먹이
고는

언젠가 나까지 내다버릴지 모를
두려운 가족의 품속으로 허겁지겁 돌아온다

고려장이 별거냐
제 자식 지척에 두고 늙고 병든 것끼리 쓸리어
못 죽고 사는 내 신세가 고려장이지

어머니의 정신 맑은 몇 가닥 말씀에, 폐부를 찔린 나는
병든 개처럼 허정거리며
21세기 막된 고려인의 집으로 돌아온다
천하에 몹쓸, 후레자식이 되어
퉤퉤, 돼먹지 못한 개살구가 되어

올인

그녀는 내 밥이었다
이 세상의 처음에서부터
그녀는
내 것이었다, 내 먹이였다
단 한 번도 거역하지 않은 착한 밥
보시바라밀이었다
내가 철없이 세상으로 달려나가다
허방에 거꾸러져 신음할 때
나를 안고서
나보다 더 많이, 더 오래, 울었던 것도 그녀였다

밥이 아닐 땐 돈이었다
나의 영원한 호구, 돈주머니였다
그녀를 팔아 대학을 다녔고
그녀를 쥐어짜서 아파트를 장만했다
그러는 동안, 세상은 그녀를
아주―머니라 부르기도 했고
할―머니라 명명하기도 했지만

나는 내 식대로 내 멋대로
어, 머니!
오, money!
호기롭게 불러 제꼈다

이제는 오래되어, 먹지 않는 밥
낡고 해어진, 몹쓸 주머니
백발 치매의 병주머니 우리 엄마
가엾은 내 밥!
어–머니!

무죄

유효기간이 지난 그녀를
산속에 버린다
북망 가까운 고려장 터, 치매요양원

언제부턴가
봄이 와도 봄을 몰랐다
여름에도 겨울옷을 고집스레 꺼내 입었다
딸자식 이름까지도 까먹었다
얼마나 지친 영혼이면 자식까지 까먹을까
그녀는 이제 사람이 아니다
그러니 고려장쯤이야 문제가 되지 않는다

본의 아니게
오이디푸스는 아버지를 살해하고
본의 아니게, 나는
나마저 까먹을지 모를 어머니를 살해한다
이건 어쩔 수 없는 일!
오이디푸스가 무죄이듯

나 역시 무죄인 것!

— 에라이, 쳐죽일 놈!

개자식

치매요양원 울 엄마
밤마다 옷 보따리를 싼다
아들집 가는 희망 하나로
기약 없는 유배의 세월 견딘다

우리 아들 오면 같이 갈라꼬예!

아내는 툭하면 말 보따리를 싼다
돈 문제, 자식 문제, 시어머니 문제, 문제, 문제, 문제……
당신은 문제투성이야
개자식, 너하곤 다신 안 살아!

안 살아!
안 살아! 라는 말이 어떨 땐 '인샬라!' 처럼 들린다

오오, 인샬라!

나를 낳아준 여자는 내가 내다 버리고

내 아이 낳아준 여자는, 나를 버리려 하는
이 부조리한 삶

개자식!
이쪽에서도
저쪽에서도, 나는

아버지를 바치며

땅에게 아버지를 바친다
주르륵,
한 줌 흙으로 당신을 허락한다
덥석, 덥석, 깨무는 대지의 저 붉은 아가리!
평생 땅만 파먹고 살았던 농군
고맙고 미안한 신세
이제, 당신께서 보시할 차례

나무그릇에 담긴 최후의 사내가
희망도 절망도
딱딱하게 굳어버린 북어포의 사내가
나의 원본原本인 사내가
땅의 육보 식탁에 차려진다
일렁거리는 산천
뒤돌아보니
어느새 땅의 배가 불룩하다.

고래의 전설

아버지는 고래였다
껄껄 웃음소리, 천둥 같은 고함소리
쩌렁―, 산을 울리던
역발산기개세力拔山氣蓋世의 대왕고래였다
징용 끌려가 죽은 큰아버지 찾아
동지나해에서 알래스카 해역까지
뿌우뿌우 눈물분수 뿜으며 회귀하던
태산 같은 설움의 흰긴수염고래였다
생보리 가마니 어깨에 메고 십 리도 끄떡없던 힘고래
금강송 대들보 끄웅 단번에 등짐 지던 장군고래였다
자식사랑 심연에 간직한, 심해의 멋쟁이 향유고래였다

어느 날
사악한 번개의 창끝이, 번쩍
대왕고래의 가슴살을 뚫고 날아와 박혔다
날카로운 미늘이 심장을 파고들었다
저주의 쇠꼬챙이가 철철 피를 뽑아댔다
노래를 좋아하고 사람을 좋아하던 혹등고래는

그렇게 죽어갔다
빚보증의 작살이 아버지를 관통한 것이었다
문전옥답이 하나 둘 바람처럼 사라지자
흑등고래는 노래를 잃은 채
끝없이 끝없이 절망의 해역을 떠도는
고래고래 술고래가 되어
해안가 모래펄에 머리를 처박은 자살고래처럼
방향 감각을 잃고
길섶이나 언덕배기나 둔덕이나 허망스레 쓰러지곤 했
다

― 그때, 인간의 귀로는 들을 수 없는 대왕고래의 낮고
깊은 저주파의 울음을, 나는 들었다 ―

간경화의 술고래 아버지
거짓말처럼 배가 고래 등같이 부풀어 오른 어느 날
푸우 거친 숨 한 번으로 끝이었다
그렇게 자살고래가 되었다

태화강 하구에 뿌려진 아버지의 뼛가루들이
강줄기를 따라 해류를 따라
동지나해, 알래스카, 멀리 남태평양까지
귀신고래가 되어 떠나갔다
그날 이후
장생포 혹은 방어진 앞바다 멀리
귀신고래가 우는 밤이면
내 심장도, 내 두개골도, 터질 듯이 공명하며
뿌우뿌우 나팔소리 같은 초음파로 울어댔다
고래의 아비와 고래의 아들이 교신하는
비밀의 타전
광막한 생生의 바다에서
아무도 모르게 초음파로 울음 우는,

귀향 일기

아마 뒷산 굴참나무였을 것이다
소슬한 산그림자 부둥켜안고
이놈아 이놈아
붉은 잎사귀 떨구며, 울고 있었다
한 잎 한 잎
굴참나무가 울고 있었다
어머니가 울고 있었다
그때 난, 한줄기 철없는 바람이었던 것인데
철없이 쿵쿵 박히던 쇠못이었던 것인데
어느새
그 눈물 하얀 찬서리로 내려
뒷산 갈참나무 앙상하다
아야— 아야—
갈참나무 밤새 앓는다
가슴속 쇠못들 붉게붉게 삭는 소리
죄 많은 나는
숨죽여 새벽이슬을 따다
베갯잇에 곱게 묻는다.

아내의 주술

주술을 건다
등 돌리며 자리 드는 남편의
빨래를 개며
아내가 꽃잠 주술을 건다
솔과 깃 올과 올
세상의 티끌과 먼지, 찌든 때 비벼 빨아
햇살 부시게 빳빳해진 저 속옷들
탑을 쌓듯 차곡차곡
그녀 위에다 나를 살포시 포갠다
그녀의 속옷 위에 내 팬티
내 메리야스 위에 그녀의 브래지어
켜켜이 짝을 지어
운우지정
마법의 꽃잠 재운다.

딸에게 가이아에게

딸애가 목소리를 도둑맞았다
간밤에 신열이 불같더니
에코 요정처럼 말을 잃었다
재잘거리던 팬지꽃 수다들이 모두 거두어지고
폭설의 밤이 야수처럼 엄습한다
딸애는 그믐의 파도처럼 앓고 있다
온몸 철썩이는 기침소리
멀리 곧은 솔가지 부러지는 소리
둥둥, 처용아비는 잠 못 들고
역신을 찾아 설원으로 나부낀다

잎잎이 여리고 고운 꽃아
마디마디 아프고 귀한 꽃아
아비의 기도는 거칠고 서툴러
세상의 폭설은 저리 하염없고
가야 할 푸른 대지는 너무 멀리 있구나

하지만

딸아, 어머니인 딸아,
지지배배 네 초록의 목소리가
따뜻한 생명의 자궁을 열어
새싹 같은 봄을 부르고
새벽의 흰 이마를 '응아' 하고 낳을 것임을 믿는다
둥둥
모두의 어머니인 네가,
가이아인 네가,

아이야

꽃들이 봄을 만나 색색의 눈을 뜨고 있었다
아무 일 없는 듯
바람은 여전히 부드러웠고
졸리도록 모든 것이 그리워졌다
햇살이 눈부신 어느 하루를 택하여
꽃이 피었다
꽃이 핀 세상은 따뜻하였다
그러나, 뜻밖의
여름이 오는지
꿈 속에선 천둥을 동반한 비가 불안하게 내렸고
운명의 시퍼런 칼날이, 섬뜩하게
꽃의 심장을 겨누고 있는 것이 목격되었다
두견새 빨갛게 피 토하고 죽은 밤처럼
꿈 속에까지 꽃들의 울음소리가 분분히 밀려왔다
갑자기 정전처럼 세상은 어두워지고
모든 기능은 빠르게 퇴화하기 시작했다
그 증거로 늑골 아래에선 자주 삐거덕거리는 소리가
났다

살짝만 닿아도 봉긋해지던 아내의 촉수들은
뿌리까지 메말라 있었다
모든 것이 죽음처럼 깊이 잠들어 있었다
꽃이 지고
악몽에서 깨어나듯 아내는 깊이 비명을 질렀으나
강물이 흘러가는 쪽을 몰랐으므로
눈물은 아무렇게나 흐르다 길을 잃었고
허옇게 쉰 목소리들만이 어지러이 방안 곳곳을 서성이
고 있었다
그날 밤
나는 기도하듯
별이 지는 방향으로 서서
어둠 자욱한 가슴 한 녘에 가시나무를 심고
한 줄기 뜨거운 눈물을 그 위에 뿌려주었다.

누이의 시계

아버진
까만 새벽길 다섯 시간을 건너
울음 우는 까만 새끼돼지 여섯 마리를 팔아
누이의 손목시계를 사오셨지

반짝반짝 열두 개의 별들이
누이의 손목시계에 내려와 박히고
아버지
육자배기 가락이 환하게 달빛에 젖고 있었지

달맞이꽃도 누이도
모두 달빛 곱게만 피고 또 피었었지만
아버지의 시간만은 째깍째깍 너무 빨리 흘러
이듬해 먼 길 떠나야 했지

달맞이꽃 하염없이 모가지를 꺾던 서릿밤
아버지의 캄캄한 밤길을 따라
누이도 그만 어디론가 가버리고 싶었는지 몰라

귀하디 귀하다는 오리엔트 손목시계가
지천으로 깔렸다는 도회지로
슬쩍 가버리고 싶었는지 몰라

그래,
가다가다 지치면
쉬기도 해야지
빙글빙글 어지럽기만 한 세상
돌다돌다 지치면 잠들면 그만이지

푸른 멍꽃이 몸서리치게 핀 어느 날
누이는
달맞이꽃 고운 모가지를 꺾고
술 파는 계집이 되었지

누이의
쓰러진 술병 속에는
길 잃은 별들이 핑그르 내려앉아

고장난 시간을 반짝이고 있는지 몰라
아버지의 까만 새끼돼지 여섯 마리가
밤새 목을 놓아 울고 있는지도 몰라
몰라
몰라

지극한 기억으로 가 닿는 사랑의 시학

유 성 호(문학평론가)

1. 잔잔하게 퍼져가는 '바보의 사랑법'

김인육 신작시집에서 가장 중요한 시적 기율은, 그가 어머니의 생애에서 흘낏 바라본 이른바 '바보의 사랑법'일 것이다. 그만큼 이번 시집은 자신의 기억 속에 깃들인 대상들에 대한 지극하고도 순후醇厚한 사랑으로 가득 채워져 있다. 그 사랑법은 세상에서 소외된 이들, 오랜 기억 속에 있는 이들, 눈에 밟히는 가족들을 향해 '사랑의 동심원'을 잔잔하게 그리면서 차츰 퍼져간다. 시인은 그들을 향한 "외롭고 쓰라린 짝사랑의 형벌"(「시인의 말」)을 마다하지 않고 서정의 극점에서 자신의 그 지극함을 선연하게 발화하고 각인한다. 그 '바보의 사랑법'이 그들에 대한 각별한 기억에 터하고 있음은 췌언의 여지가 없을 것이다.

우리가 잘 알듯이 서정시의 보편 문법은 남다른 기억

129

을 재현하고, 그 기억과 힘겹게 싸우고, 마침내 그 기억을 항구화하려는 욕망에 있다. 이처럼 한 영혼의 각별한 기억을 기록해온 양식으로서의 서정시는, 우리의 삶이 합리적 이성에 의해 일사불란하게 진행되는 것이 아니라, 이성이 그어놓은 관념의 표지標識들을 때로는 위반하고 해체하면서 새로운 상상적 질서를 재구축하는 과정임을 승인하려 한다. 물론 서정시에 대한 이러한 진단을 급진적 해체 정신으로까지 오도할 필요는 없다. 오히려 그것은 잃어버린 서정시의 위의威儀를 회복해보려는 고전적 열망과 깊이 닿아 있는 어떤 것일 따름이다. 특별히 김인육 시인은 우리가 상실한 가장 중요로운 삶의 지표들을 새삼 기억하고 호명하고 복원함으로써, 우리 시대의 불모성에 대한 항체 역할을 자임하고 있다 할 것이다. 이는 이번 시집이 우리에게 들려주는 고유하고도 선명한 음역音域이 아닐 수 없다.

2. 타자들을 향한 사랑의 힘

먼저 김인육 시인이 우리에게 들려주는 절실한 목소리는 동시대의 타자들에 대한 깊은 애정과 관심에서 우러나온다. 가령 시인은 "어미아비 다 버리고 간 어린 것 지키기 위해/온종일,/시장 바닥에 껍처럼 붙어 있는/저 위

대한 걸레"(「중광아, 걸레야」) 같은 소외된 존재자들을 하염없이 바라본다. 그리고 "장마에 불어터진 희망을 싣고/자본에 불어터진 절망을 싣고" 떠나는 이 시대의 상징을 따라 "달려가도 달려가도/열리지 않는 길/열리지 않는 하늘"(「희망버스는 정오에 떠나네」)을 상상해보기도 한다. 모두 그의 시선이 지니고 있는 너른 편폭篇幅을 명료하게 보여주는 실례들일 것이다. 그런데 그는 이러한 상황을 두고 격정이나 분노 대신 애잔한 연민과 공감을 지속적으로 표한다. 어느 장삼이사의 사랑과 이별을 노래한 다음 작품을 한번 읽어보자.

젖는다,
붉게 펄럭이는 포장마차
사내의 동공이 젖는다

달처럼 울컥울컥 부풀던 여자
물 아래 가던 달 맨발로 안고 가던 여자
새가 되었다던가
바람이 되었다던가

사내는 매운 강술로 자신을 적시고 있다
어둑어둑 치욕이 숨어드는 저녁
붉게 술기운이 달처럼 오른다

젖는다, 사내
살어리 살어리랏다 청산으로
도망간 여우
중심을 잃은 빈 술병이
젖는다
일렁이는 동공 가득히
화악, 휘발유 냄새가 난다

제 몸을 다 비워낸 술병은
뱀이 빠져나간 허물같이
어처구니없다

청산도 아닌데
어디선가 함부로 날아드는 돌들
사내가 캄캄하게 젖는다.

— 「포장마차에서」 전문

　여기서 시인이 설정한 '포장마차'라는 공간에는 우리 삶의 축도縮圖가 상징적으로 담겨 있다. 거기서 시인은 '젖음'에 대해 집중적으로 사유하고 표현한다. 한 여자를 떠나보낸 사내의 동공이 젖고, 그가 마시는 술병도 젖고, 급기야 사내의 온몸이 젖는다. 붉게 펄럭이는 포장마차 안에서 '달'처럼 부풀다가 '바람'처럼 '새'처럼 떠난 여자를 두고 사내는 '매운 강술'로 자신을 적시고 술병을 적시고 어디선가 함부로 날아드는 돌들과 함께 캄캄하게 젖어가는 것이다. 이때 붉은 포장마차는 붉게 충혈한 눈을 유추케 하고, '물 아래 가던 새'나 '누구를 맞히려던 돌' 그리고 '술독의 독한 술', "살어리 살어리랏다" 등 고려속요 「청산별곡」의 숱한 세목들은 포장마차를 '청산'의 반대편 어둠으로 내몰아간다. 이러한 사내의 상황에 대한 지극한 연민과 공감이 말하자면 이 작품에 깃들인 각별한 사랑의 힘이다. 「청산별곡」에서처럼 '올 이도 갈 이도 없는 밤'을 지나는 이러한 사내의 상황은 "녹록치 않은 세상살이/소주 두 병에 그만 나가떨어지는 인생"(「49 깽판」)을 두루 포괄하면서 "고독할수록 더욱 뜨거워지는/가난한"(「겨울나무를 위하여」) 사랑의 문법을 선명하게 보여주는 삽화가 아닐 수 없다.

새는 간절히 나무가 되고 싶다
그 열망이 제 발을 나무의 발과 닮게 만들었다
어떤 간절함은 그것이 되게 한다
새는 나무에 앉아서 나무가 되는 법을 배운다
바람이 불면 함께 흔들리고 비가 오면 같이 비를 맞는다
욕망을 버린 날개는 날개가 아니다
그러므로 나무 위의 새는 새가 아니다
하늘로 푸드덕 떨어지는 하나의 열매다

새가 날개를 다소곳이 접고 나무에 앉으면

온전한 열매의 형상이 된다

그는 온 힘을 다해 나무가 된다

적멸의 무량한 희열에 든다

함허含虛에 든다

새가 말없이

우주의 중심으로 깊이 뿌리를 내린다

──「새 ─피그말리온」 중에서

간절하게 나무가 되고 싶은 '새'는 그 열망으로 하여 나무와 닮아간다. 시인은 그것을 "어떤 간절함은 그것이 되게 한다."는 아포리즘으로 표현한다. 그렇게 '새'는 나무에 앉아 나무가 되는 법을 배워간다. 하지만 '새'는 날개의 욕망을 버린 탓에 그저 "하늘로 푸드덕 떨어지는 하나의 열매"일 뿐, 비상하는 '새'가 되지는 못한다. 그렇게 나무를 닮아가며 나무가 되어가며 "적멸의 무량한 희열"에 든 '새'는 우주의 중심으로 천천히 뿌리를 내린다. 이러한 우주론적 상상력은 '피그말리온'이라는 서사를 개입시키면서 완성된다. 로마 시인 오비디우스는 『변신 이야기(Metamorphoses)』에서 조각가 피그말리온이 자기가 꿈꾸는 여자를 조각하여 그 상을 사랑하게 되자 여신이 그 기도에 응답하여 상에 생명을 불어넣어 주었다는 이야기를 전한다. 이렇게 열망하는 것은 그것이 되어

버린다는 전신轉身의 서사를 빌려온 것 자체가, 시인이
갈망하고 꿈꾸는 사랑의 힘에서 가능했을 것이다.

　이처럼 김인육 시인은 베켓(S. Beckett)의 「고도를 기다
리며」의 주인공들처럼 "기다리는 것은 오지 않는다/그래
도 우리는 기다려야 한다"(「부조리不條理」)는 삶의 양식
을 긍정하면서, "그리운 것은 꽃으로 다시 핀다는 것을
알기까지/50년이 걸렸다."(「그리운 것은 꽃으로 핀다」)
는 고백이나 "사랑은/전복하는 것이 아니라 순치하는 것
/천둥을 포획하여 쿵쿵 심장고동으로 길들이는 것/기꺼
이 목숨 다하는 순교인 것"(「목련 일기」)이라는 자각을
지속적으로 표한다. 이러한 타자들을 향한 사랑의 힘이
이번 시집의 제일 근간이 되고 있는 것이다.

3. 사랑의 궁극적 자세와 새로운 길

　김인육 시편에서 주목해야 할 또 다른 권역은, 자기 자
신의 사랑과 이별 과정을 노래하는 데서 찾아진다. 우리
가 잘 알듯이, '사랑'이라는 정서는 근본적으로 비논리
성이나 배타성 또는 유아론唯我論적 성격을 띤다. 그런가
하면 존재 관념보다는 소유 관념에 집착하는 정서적 지
향을 가지고 있기도 하다. 하지만 성숙한 사랑은 자신의
존재론적 통합성(integrity)을 유지하는 조건 아래서 이루

어지기 때문에 둘이 하나가 되면서도 여전히 둘인 상태로 남아 있다는 역설을 성립시킨다. 김인육 시편의 사랑 이야기도 이러한 깊은 사랑의 시학을 구현하고 있는데, 그것은 바라볼수록 목마른 역설을 충족시키는 정서 및 행위로 다가온다.

최후의 자세를 생각하는 것이다
서늘한 눈매로 서 있는 가을나무는
지는 해 저녁놀 곱게 물들이듯
떠나는 모습이 아름답고 싶은 것이다
한때 뜨겁게 사랑하지 않은 자
어디 있겠고
마침내 결별이 아프지 않은 자
어디 있겠는가
가을은
노랗게 혹은 발갛게 울음의 색깔을 고르며
불꽃처럼 마지막을 타오르고 있다

빛나는 한때를 간직한 가을나무는
알고 있다
하나 둘 떨구는 이파리마다
그리운 이름들을 호명하며
막막한 절망을 지워가는 법을

그 간절함의 빛깔로

눈 감아도 선연히 되살아오는 얼굴들

가슴 깊숙이 나이테로 새겨두는 법을

——「가을의 비망록」 전문

  이 아름다운 비망록은 '최후의 자세를 생각'하면서 시인이 남긴 사랑의 고백록이기도 하다. 여기서 '최후의 자세'란 삶의 중요한 목표이기도 하고 궁극의 형식이기도 할 것이다. 가을의 길목에서 시인은 "서늘한 눈매로 서 있는 가을나무"를 바라본다. 물론 그 '서늘한 눈매'는 시인 자신의 것이기도 하다. 사라져가는 노을처럼 "떠나는 모습이 아름답고 싶은" 계절에, 시인은 한때 뜨겁게 사랑했던 기억과 아팠던 결별의 기억이 "울음의 색깔"과 함께 번져옴을 그 '서늘한 눈매'로 바라본다. 그리고 이파리마다 "그리운 이름들"이 하나하나 각인되면서 "막막한 절망을 지워가는 법"과 간절한 얼굴들을 "가슴 깊숙이 나이테로 새겨두는 법"을 배워간다. 이러한 사랑법法이 바로 시인 자신의 존재론인 셈이다. 우리가 읽어왔듯이, 이러한 사랑법은 "심장이/하늘에서 땅까지/아찔한 진자 운동을 계속"(「사랑의 물리학」)했던 '첫사랑'에서 발원하여 "더욱 견고해지는"(「개 같은 사랑에 대한 보고서」) 과정을 거쳐왔다. 그래서 그에게 '사랑'이란 "밀어 올려도 밀어 올려도/다시 굴러 떨어지는 절망의 바위"(「시지푸스 사랑법」)이기도 했지만, 간절함으로 "영혼에 가 닿는 법"(「천왕봉을 오르며」)을 가르쳐준 둘도 없는 이법理 法이었던 셈이다.

> 어느 날 문득, 나는 지명知命의 바다에 서 있다
> 아직 하늘의 뜻은 도무지 알 길 없는데
> 하늘을 물수제비처럼 날던 유성 하나
> 천근의 어디쯤 빛나는 마침표를 찍는다
> 내 귀는 아직도 딱딱하고
> 내 눈은 여전히 청맹과니인데
> 나는 어디쯤에 유성 같은 환한 마침표를 찍어야 하나
> 오오 무량의 바다여
> 철썩철썩 죽비처럼 나를 후려쳐다오
> 딱딱해진 눈과 귀를 순하게 열어다오
>
> —— 「정자 포구에서」 중에서

시인은 알몸으로 푸르렀던 "유년의 한 시절"을 지나, 그리고 "어느덧/죄 많은 불혹의 세월"(「애기똥풀 앞에 서」)을 지나, 하늘의 뜻을 안다는 '지명'의 나이에 이르 렀다. 하지만 그는 아직도 하늘 뜻을 알 길 없고, 그저 귀 가 딱딱하고 눈이 청맹과니임을 고백하고 있다. 그러나 한편에서 시인은 "무량의 바다"가 자신을 "죽비처럼" 후 려쳐 딱딱해진 눈과 귀가 열리기를 갈망함으로써, 트인

눈과 귀로 새로운 길을 가려는 의지를 노래한다. 길이 없어도 "가야 한다면,/내가 길이 되어"(「걱정마라 꺽정아」) 가겠다고 노래하였듯이, 사랑의 궁극적 자세를 통해 가야 할 새로운 길을 상상하고 사유하는 것이다. 김인육 사랑 시학이 단단한 자기 갱신의 힘에서 가능했음을 알려주는 사례일 것이다.

4. 삶의 '원본'에 대한 지극한 사랑

이번 시집에서 시인은 사랑에 관한 일종의 메타 시학을 힘있게 펼쳐낸다. 여기서 '사랑'의 메타 시학이란, 바르트(R. Barthes)가 『사랑의 담론』에서 힘주어 갈파한 것처럼, 부재하는 이의 부재에 관한 담론을 끝없이 늘어놓음으로써 성립하게 마련이다. 그때 그 사랑하는 이는 지시물로서는 부재하지만 대화 상대로서는 끝없이 현존하게 된다. 김인육 시편의 화자들은 이처럼 한결같이 지시물로서의 물리적 부재를 통해 대화적 현존에 가 닿는 일관성을 보인다.

어느 봄날
나, 꽃 같은 사랑 하나 하였네
하늘하늘 보기 좋아

그만, 바람까지 사랑하였네

꽃이 지는 줄도 모르고

사랑이 지는 줄도 모르고

꿈속까지 사랑하였네

까맣게 눈먼, 청맹과니 사랑을 하였네

미치게 사랑을 사랑하였네

그 사랑,

영겁의 어둠이었네

—「조신의 바라밀」 중에서

　봄날의 사랑, 꽃 같은 사랑, 바람까지 함께한 맹목의 사랑이, 설화 속 조신의 사랑처럼 펼쳐져 있다. 하지만 그는 꽃도 사랑도 지고 까맣게 눈먼 청맹과니가 되어 영겁의 어둠에 가 닿았을 뿐이다. 이때 '조신의 바라밀'은 영겁의 어둠 속에서 삶의 "실재가 사랑"(「조신調信의 꿈」)임을 뚜렷하게 증명해낸다. 지시물로서의 물리적 부재를 통해 대화적 현존에 가 닿는 순간이 이때 가능해진다. 이러한 사랑의 시학은 구체적 목소리를 얻어 시인 자신이 발원한 '원본原本'에 대한 사랑으로 확장되어 가기도 한다. 아닌게아니라 시인은 아버지를 "나의 원본인 사내"(「아버지를 바치며」)라고 회억하고 있는데, 시인에게 아버지는 "나는 부선망독자/하늘 아래 아버지가 없는 고독한 아들/신의 아들도 꽃의 아들도 아닌/죽은 아비 그리운

쓸쓸한 사내"(「자화상」)라고 증언되고 있다. 이러한 부
재의 기억들이 '어머니'나 '누이'에 대한 절절한 그리움
으로 이어지는데, 이러한 면모는 첫 시집의 연장선상에
서 이루어진 그만의 존재론적 몫일 것이다.

　　어머니의 고해성사는
　　맑고 맑아서
　　내 가슴을 뚫고, 억만 길 어둠을 뚫고
　　멀리 하늘까지 가 닿는다
　　참방참방 젖은 별들이 발등으로 떨어진다
　　심장이 울컥 박자를 놓친다

　　괜찮아요
　　괜찮아요, 어머니
　　다 아파서 그런 걸요

　　졸지에 사제가 된 아들은
　　하느님의 이름으로
　　그녀를 용서한다
　　　·
　　　·

　　　·

　　　·

그녀에게,

용서를 구한다.

—「고해성사」 중에서

　어머니의 고해성사는 곧 시인 자신의 것으로 몸을 바꾼다. 어머니의 맑은 고해성사가 어느새 날카로운 비수가 되어 시인의 가슴을 뚫고 하늘까지 닿았기 때문이다. 다른 시편에서 이미 시인은 "어머니의 정신 맑은 몇 가닥 말씀에, 폐부를 찔린 나는/병든 개처럼 허정거리며/21세기 막된 고려인의 집으로 돌아온다"(「후레자식」)고 고백한 바 있다. 그런데 이 시편에서는 '맑은 몇 가닥 말씀'이 하늘에 닿았다가 젖은 별들을 발등으로 떨어뜨리는 것을 보고 있는 것이다. 이러한 고해성사 앞에서 심장 박자를 놓치고 "졸지에 사제가 된" 시인은 하느님 대신 어머니를 용서하지만, 오히려 자신의 죄를 고백하고 용서를 구한다. 그렇게 시인의 생애에서 "착한 밥/보시바라밀"(「올인」)이기만 하셨던 어머니는 "이제는 오래되어, 먹지 않는 밥/낡고 해어진, 몹쓸 주머니/백발 치매의 병주머니 우리 엄마/가엾은 내 밥"(「올인」)이 되시어 아픈 기억으로만 머무르고 계신 것이다. 시인의 사랑이 대상의 부재를 통한 지극한 현존을 상상하면서, 동시에 자신을 성찰하는 품과 결속한 것임을 보여주는 순간이 여기 펼쳐진다.

사실 서정시는 '두 장의 거울'을 만들어내는 일과 다르지 않다. 사람들은 자신의 얼굴을 비추는 거울을 보면서 스스로에게 몰입하지만, 성숙한 시인은 그 반대편에 또 한 장의 거울을 준비하여 자신의 뒷모습을 투명하게 응시한다. 그때 중요한 것은 그 뒷모습을 부끄럼과 진정성으로 바라볼 줄 아는 자기 성찰의 품이다. 뒷모습을 은폐하지 않고 그것을 드러내 자신의 온몸으로 견뎌내는 것, 곧 자기 자신에 대해 섬세한 반성적 의식을 가지는 것이야말로 서정시의 가장 위대하고 고유한 몫인 것이다. 그때 시인은 비로소 언어를 통해 존재 갱신의 활력과 어둑한 실존적 자각 사이에서 궁극적 생의 형식을 완성하고자 하는 언어의 사제가 된다. 그리고 존재 확인이라는 일차적 욕망을 넘어, 궁극적이고 최종적인 생의 형식을 완성하려는 보다 큰 욕망을 가진 존재로 거듭나게 된다. 이번 시집에서는 지극한 기억으로 가 닿는 사랑의 시학을 통해, 김인육 시인이 그러한 시인의 위상과 존재론을 우리에게 보여준 것이다.

김인육(金寅育) 시인

1963년 울산 산하 출생. 2000년《시와생명》으로 등단. 2001년 제2회
교단문예상 수상. 시집『다시 부르는 제망매가』(2004년),『잘가라, 여
우』(2012년) 출간. 서울대학교 사범대학 강사(2011년~2015년). 현재
서울 양천고 교사, 계간《미네르바》편집위원.

사랑의 물리학

김인육 시집

초판 1쇄 발행일   2012년 11월 20일
개정판 1쇄 발행일   2016년 12월 20일
개정판 14쇄 발행일   2024년 6월 17일

지은이·김인육
펴낸이·김종해
펴낸곳·문학세계사
주소·서울시 마포구 신수로 59-1(04087)대표
전화 02-702-1800 | 팩스 02-702-0084
이메일·munse_books@naver.com
www.msp21.co.kr(문학세계사)
출판등록·제21-108호(1979. 5. 16)

값 12,000원
ISBN 978-89-7075-843-5 03810
ⓒ 김인육, 문학세계사